formas feitas no escuro

F☀SF☀R☀

LEDA CARTUM

formas feitas no escuro

para o Miguel,
que me mostra as coisas

PARTE I

formas feitas

*O soberano do mar do Sul chamava-se Rapidamente;
o soberano do mar do Norte chamava-se Subitamente; o soberano do Centro chamava-se Indistinção. Um dia, Rapidamente e Subitamente encontraram-se no país de Indistinção, que os tratou com muita benevolência. Rapidamente e Subitamente quiseram recompensar esse acolhimento caloroso, e disseram um para o outro: "O homem tem sete orifícios para ver, escutar, comer, respirar. Indistinção não tem nenhum. Vamos furá-lo". Mãos à obra, fizeram nele um orifício por dia. No sétimo dia, Indistinção morreu.*

Chuang Tzu

Era então hora de ir: um homem juntou seus trapos em uma trouxa e subiu montanhas, subiu montanhas, subiu montanhas tão altas que no topo eram cobertas de neves perpétuas que não derretem. Passaram anos e passaram meses e passaram dias e o homem seguia subindo montanhas, andava e cansava e dormia e voltava a tentar com as pernas compridas chegar lá em cima. Mas as distâncias se projetavam a cada vez um pouco mais longe, as horas corriam quilômetros e adiavam todo dia um pouco ainda o topo das montanhas: mesmo que esse homem enfim alcançasse o cume, o chão sob os pés era baixo, sempre abaixo do seu corpo. Por isso ele olhava ao redor no campo aberto ao pé da montanha, às vezes se detinha por um segundo; via uma abelha, via um condor, retomava sua trilha que não acabava nunca. Subia montanhas, subia montanhas, subia montanhas.

Noite sim, noite não, um homem sonhava com feras que caçavam o seu rastro. Mas despertava depressa e nas ruas da cidade ele andava a passos largos, sem perceber que evitava os cantos escuros e os becos estranhos. Ele às vezes ouvia um barulho, chegava a notar o vulto de um tigre — ou era uma sombra, ou era o cansaço da noite esquecida: estava atrasado.

Um homem preparava arsenais invisíveis; afiava facas por baixo do pano; lustrava armaduras minúsculas; tensionava os músculos, pronto para uma guerra que iria travar sozinho a cada dia atrás da porta. Mobilizava esforços, forçava torrentes, torcia enxurradas — era um trabalho hercúleo que no entanto acontecia num canto quieto, e ninguém mais percebia. Um homem em repouso mantinha em alerta partes secretas do seu corpo: ele estava disposto a enfrentar criaturas, combater inimigos, lutar contra monstros — só que eles não chegavam, não compareciam.

Um homem tinha orelhas e atrás delas ouvidos que eram muito estreitos e também muito compridos. As pessoas falavam coisas que entravam e se alojavam nos corredores internos: as palavras se enfileiravam, apertavam-se umas nas outras, mantinham-se encolhidas para se arranjar lá dentro, bem no fundo dos canais. Mas a verdade é que não cabiam, por mais que tentassem elas não cabiam: dentro do labirinto as frases já não podiam se acomodar à vontade. Por isso faziam filas intermináveis que formavam uma linha, e com essa linha longa o homem tecia um manto — com esse manto ele cobria as coisas ao seu redor: os móveis da casa, as pessoas e o que elas tinham para dizer.

Toda a massa era disposta por um homem sobre a mesa, em partes médias e iguais: ele separava então as porções de gosto doce daquelas de gosto amargo; as que eram pontiagudas das que eram arredondadas; as que ele reconhecia e as que não diziam nada. As outras, que sobravam, ficavam reservadas em gavetas escondidas. Ele às vezes provava pedaços do que tinha separado, para manter na memória as distinções entre os sabores e as formas e a textura. Já o resto guardado da massa se mantinha intacto por anos, aos poucos disforme, sem chegar a endurecer. Na verdade, com o tempo, a massa ia fermentando: inchava, crescia mais. Até que chegava o dia — o homem já velho, com a barba espessa — em que a massa finalmente transbordava dos armários; e o homem, preocupado, voltava a distribuí-la em partes médias sobre a mesa.

Havia uma planta de folhas pequenas num vaso de barro chamada cansaço. Um homem todos os dias regava suas raízes e a deixava ao sol. Ela crescia indomada e como que indiferente aos cuidados recebidos: ramificava-se rápido, fazia crescer botões que logo abriam em flores com pétalas esquisitas, agarrava as paredes da casa e chegava até os pés da cama. A planta avançava à noite mais que durante o dia: o homem quando acordava tropeçava nos galhos da trepadeira, e passava as horas da tarde retirando da sua roupa as folhas secas grudadas.

Um homem mudava de cor conforme a época do ano, a virada da estação e seu estado de ânimo. Azul, vermelho, amarelo e às vezes púrpura, violeta ou rosa-claro, cor de chumbo. Mas ele não percebia, e os que estavam ao seu lado também não se davam conta: quando ele ficava verde achava que ainda era azul-marinho. No entanto, de vez em quando, nos momentos distraídos, o homem notava uma luz que brilhava diferente — uma cor que destoava um pouco das outras cores, que entrava pela janela quando era manhã bem cedo. Ele franzia os olhos; só que em poucos segundos como tinta na água aquele outro tom de cor já tinha se diluído e desmanchado na paisagem. O homem checava então as horas no seu relógio, olhava os próprios dedos e voltava a adormecer sobre os lençóis muito brancos.

Um homem imenso queria passar através de uma fenda que era fina, muito fina. Depois de um longo esforço e incontáveis tentativas, finalmente alcançou o outro lado da fissura: ele tinha conseguido, mas agora não era imenso — não era mais um gigante. Agora abria a boca e a voz que saía era aguda; olhava as próprias mãos e os dedos agora eram poucos. Chamava pelos outros, mas ninguém o escutava. Ele era muito pequeno. Se quisesse subir escadas, agora o homem precisava escalar cada degrau; e para percorrer a distância de poucos metros, com suas pernas tão curtas, levava minutos, horas, às vezes um dia inteiro.

Um homem tentava se lembrar de uma palavra que tinha esquecido. Vasculhava os cantos, os recônditos, os quartos escuros da sua memória: visitava imagens, refazia instantes, descrevia o quintal da casa onde tinha morado quando era criança. Na verdade a palavra que ele procurava estava na ponta da língua — era quase fácil, mas o homem não alcançava, e mergulhava até o fundo das coisas secretas e pouco exploradas. Achava lembranças difusas, pássaros mortos, vozes distantes chegando em casa no meio da madrugada: às vezes até sentia a consistência da palavra, que depois escorregava e nadava para longe. O homem então muito quieto sentia que estava cansado como se tivesse caminhado dias — respirava fundo e assistia ao peixe que escapava para dentro dos recifes coloridos.

Um homem tinha um barco e queria navegar para um país remoto no mapa, em outro continente, do outro lado do oceano. Sua âncora tinha sido lançada ao mar fazia muito tempo, tinha atingido os fundos rochosos e se agarrado no lodo e na areia: cracas e conchas tinham se encrustado na haste de metal. O homem puxava, puxava a corda da âncora para movê-la enfim do seu posto de anos; o barco balançava para lá e para cá, as amarras esticavam, a boia oscilava na água. Às vezes ele tinha a sensação quase nítida de já estar navegando.

Um homem segurava o nada nos ombros. Era pesado. Carregava consigo para onde quer que fosse, como um trabalho que precisava ser feito — aquilo pesava como muitas pedras, pedras grandes levadas nas suas costas. Ele não sabia como entregar aos braços de um outro aquilo que sempre mantinha erguido: e por isso mostrava a quem se aproximasse as ranhuras das rochas, a textura das superfícies, as camadas sedimentares.

Um homem derrubava os muros que encontrava pelo caminho. Tinha a força de um predador na selva e por isso com poucos golpes podia quebrar tijolos e romper paredes que pareciam intransponíveis: seguia em frente como um titã, impressionado com os próprios braços e com o que podiam fazer. Até que, depois de anos e milhares de quilômetros, o homem voltou os olhos para o campo ao seu redor: foi só então que ele viu outros muros altos espalhados por toda parte. Como não os havia notado antes? Viu também as ruínas, os restos atrás de si, pedaços das construções antigas que ele havia derrubado e que ainda sobravam, que lembravam outras vidas. Um homem se assombrava com a sua força grande e incapaz: com poucos gestos, com pouco esforço, chegava exausto ao muro seguinte e contemplava a parede que iria derrubar.

Desde cedo ao acordar, um homem corria muito. Só ao fim dos dias longos é que ele se via então diante da porta de casa: recuperava o fôlego, desacelerava o passo e depois disso enfim chegava e fechava, janela por janela, cada um dos aposentos. Mas mesmo assim certas frestas ficavam abertas, despercebidas. No escuro, por esses buracos finos, entravam devagar os tentáculos de um polvo, que aos poucos ocupava a casa e se arrastava no chão da sala, transpunha os limites do quarto e se enrolava em torno da cama. O homem até tropeçava em um braço do monstro enquanto voltava a correr para alcançar o interruptor: assim que a luz acendia, o bicho se recolhia, os tentáculos se retraíam, os rastros desapareciam sobre os tacos de madeira. Os cômodos agora claros e de repente vazios cresciam de tamanho, ficavam imensos, e o homem via as paredes que pareciam distantes, cada vez um pouco mais.

Já fazia tempo que um homem andava por uma estrada — por isso não reparou quando um poço muito fundo surgiu no meio do seu caminho. Por pouco não caiu dentro, e só então percebeu que esse buraco de pedra se abria e que formava uma grande escuridão. Aproximou-se do poço e se debruçou na borda: foi aí que ele sentiu uma espécie de anzol que corria lá do fundo em alta velocidade sempre em sua direção para fisgá-lo pela boca, como se ele fosse um peixe que nadava no ar — não foi fácil resistir à tentação de cair. Foi preciso em seguida desviar urgentemente a atenção de dentro do breu, procurar qualquer coisa que pudesse distrair os movimentos do seu corpo e ocupar cada um dos vãos entre os dedos das suas mãos.

Quando um homem finalmente conseguia adormecer, a noite passava cheia de sonhos imensos embora sobrasse pouco para contar no outro dia. Entre os ecos das semanas que voltavam quase iguais, às vezes cores distantes também ganhavam seu sono e sugeriam formas que ele já não conhecia: águas-vivas cintilantes e percevejos azuis, bichos líquidos, plantas vagas, raízes muito profundas dentro da terra. Durante a madrugada o homem se agitava na cama que se tornava pântano, charco ou floresta: esticava os braços atrás de uma palavra que pudesse manter quando estivesse acordado. Despertava depressa e perdia tudo em segundos, assistia sumir no teto do quarto a mancha disforme de cor invisível. Se, enquanto operava os trabalhos da manhã, ele tentasse lembrar da experiência recente que ainda agia em seu corpo, nada ou pouco distinguiria em meio ao matagal noturno: mas se fizesse um esforço e se dobrasse a memória, talvez encontrasse o rosto de um forasteiro que viajara mil milhas para trazer notícias de uma urgência absoluta.

Um homem mergulha e encontra no fundo do mar um objeto enterrado. Depois retorna e convive o dia inteiro com essa joia sem dono, que ao entrar em contato com o ar logo perde o brilho: apalpa a pérola dentro do bolso, quer poder logo mostrá-la aos outros para que eles apreciem essa luz agora opaca. No entanto um barulho soa e a gema escapa dos dedos, deixa-se rolar para baixo da cama e se perde no escuro. O homem não sabe, quer saber, tenta lembrar: com os braços cansados parece estar se afogando. Mas as lâmpadas todas se acendem aos poucos ao seu redor e ele esquece até das anêmonas, das algas e dos corais que encontrou lá embaixo.

Um homem olhou de longe o horizonte à sua frente e sentiu medo: quanto tempo ainda havia até perder tudo o que tinha? Nesse momento uma onda do tamanho do edifício em que ele havia morado levantou-se de uma vez e se manteve um segundo erguida diante dele. Logo depois avançou com seus gestos rápidos de se enrolar para dentro e levou junto consigo o que havia perto dela: tornou-se um túnel comprido. O que restava ao homem antes de ser engolido era tentar contorná-la sabendo que não podia, ou então atravessá-la para ver se chegaria de fato até o outro lado. A onda só aumentava com seus braços e seus dedos de espuma branca feroz, formava espirais e círculos até encostar no homem que imóvel não entendia, ainda não entendia o que devia ser feito.

Um homem náufrago depois de dias chegou numa ilha desconhecida. Caminhou sobre a areia dura, atravessou o mato, explorou a floresta inteira e não viu nada nem ninguém — só ouviu o ruído dos bichos que se escondiam quando ele chegava perto. Seus cabelos e barba cresceram, sua voz perdeu o timbre, ele aos poucos perdeu os rastros que tinham ficado no chão; passou meses comendo frutos e folhas secas que encontrava em seu caminho. Até que enfim esbarrou em uma montanha tão grande que escondia a luz do dia: abrigou-se dentro dela. Ele era um homem estranho no interior da caverna mas seus olhos em pouco tempo se acostumaram com a falta de luz. Olhava às vezes os próprios punhos e quando prestava atenção e aguçava os ouvidos podia escutar barulhos, sons que ele não sabia de onde vinham ou se eram inofensivos: ele ficava calado e fazia um esforço para ouvir o que as vozes tinham para dizer nessa noite.

PARTE II

formas feitas no escuro

Tua vez de escutar
tu que falas em mim.

Poetas-santos de Xiva

Você deve estar numa curva, numa praça, ao lado de um poste de luz ou então dentro de uma árvore onde dormem roedores: aguarda com paciência, parece que conhece a quantidade de tempo que ainda vai demorar. Outros atravessam a rua, outros dobram a esquina, outros passam do outro lado da calçada — você observa impassível, não procura mais nada e compreende a demora. Você não tem pressa, só se aquieta e espera num canto escondido. Mas recebe recados, percebe mensagens, atende sinais: o atraso é um modo de tempo.

Você ainda não conhece aquilo que espia e persegue, você não sabe o nome do que acompanha constantemente: parece um bicho do mato mas às vezes bate asas e é um pássaro selvagem; talvez seja um peixe grande, talvez seja uma pessoa. Você chega a distinguir os contornos mas logo confunde de novo, e os traços que tinham ficado claros desaparecem atrás da névoa. Na sua perseguição, o pouco que você sabe é que aquilo se movimenta, que está a caminho de algum lugar: você vai atrás, procura e se esconde. Penas, plumas, pelos, pele lisa, escamas, cracas, cascos, corcovas.

Quem é você? Não responde quando perguntam, não atende quando interpelam, não diz seu nome e quando diz nunca parece ser verdade. Como é você? Esboçam retratos, ensaiam desenhos, tentam traçar suas formas mas então você é um bicho e se debate debaixo do pano, só deixa rastros, as dobras que ficam depois nos lençóis. Ninguém sabe nada ou o que sabem é quase nada sobre você — por isso qualquer coisa ou tudo se torna uma parte possível do seu corpo. Ou o contrário: esquecem, desistem, e você desaparece, ou então deixa de existir.

Às vezes, nem sempre — de vez em quando —, surge o oco das coisas. Você tinha se escondido e nessas ocasiões se revela novamente, porque o avesso do mundo é também o seu território. E agora que tudo se mostra por dentro você prova o miolo quente de todas as coisas, experimenta a polpa mole, moldável, que aparece por baixo da casca endurecida: os objetos estavam imóveis por causa da crosta grossa que revestia cada um deles, mas nesse momento derretem, fundem-se uns aos outros como partes de um mesmo maremoto. Você então é um bote e as ondas se arremessam contra o bote.

Você explora uma caverna esquecida e carrega um clarão fraco, que não ilumina mais do que um metro ao seu redor. Por isso você pisa com a ponta dos pés primeiro, sem saber se haverá chão e o quanto o chão é resistente; você olha as paredes do subterrâneo e às vezes vê trombas, chifres, marfim, estalactites, estalagmites, impressões de dedos que datam de vinte mil anos antes de você estar aqui. As pessoas que vão se deitar escutam passos, escutam algo que arranha discretamente os móveis do apartamento: você segue com sua lanterna que oscila como uma vela.

Você está a quilômetros, mas solta um grito tão alto que acorda quem está prestes a cair no sono. Seu grito ecoa nas ruas, repercute em avenidas; as pessoas sonolentas de repente estão despertas. Você da sua distância, tendo ganhado atenção, aos poucos se aproxima e fala um pouco mais baixo: conta uma história bem longa na qual se passam milênios, na qual ossadas de urso são pintadas de ocre e uma águia alça voo longe do alcance das mãos. À medida que chega mais perto, sua toada vira um murmúrio e aqueles que procuravam agora ficam cansados, sentem-se enfeitiçados e seus olhos pesam muito: quando você enfim está a poucos centímetros, todo mundo está dormindo e não vê sua chegada. Você então sussurra com voz quase inaudível a história de uma cama que é tão grande que se estende das montanhas do Himalaia até os mares do Sul.

Numa cidade submersa você constrói uma máquina cujo poder é levar a qualquer ponto do tempo. Entre as ruínas dos prédios, os muros caídos e as praças vazias, debaixo d'água, você encaixa as engrenagens e faz cada uma começar a girar: o motor então engata e a máquina funciona. De dentro dela, você a conduz para o dia que hoje é muito antigo da fundação da cidade: pela janela redonda, você assiste às multidões de homens e aos tantos edifícios com cimento ainda fresco.

De fora da casa assombrada, você escuta as muitas vozes que nos cômodos conversam entre si. São línguas estranhas que já foram esquecidas ou transformadas em outras, mas as vozes não sabem disso e seguem falando alto. Você espia pelas frestas das janelas, por entre as cortinas grossas, e às vezes interrompe o falatório: uma palavra desconhecida faz com que todos olhem em volta, na tentativa de encontrar a origem do som. Você se mantém visível, não se esconde nem se afasta: pelo contrário, até surge agora com mais evidência através da claraboia. No entanto, dentro da casa você pode ouvir as vozes se convencerem muito rápido de que foi só impressão; a palavra ainda ecoa, mas a espantam com as mãos como se fosse um inseto.

Da curva da estrada do quarto veio um vulto diferente de uma terra distante: caminhava lá longe no meio da névoa e era até difícil dizer se a sombra se aproximava ou se estava se afastando. Mas quando não restava dúvida da direção dos seus passos, você orquestrou a desordem das gavetas e das prateleiras, fez com que ondas transbordassem dos armários e um vendaval levasse os objetos consigo. A espuma seguiu as ordens que você ditava e salgou os tacos do chão; em cima da cama você fez girar um redemoinho pela noite inteira. No dia seguinte, a bagunça da casa assustou os vizinhos e nenhuma explicação parecia razoável: não havia álibis, não havia desculpas, não havia desastres que explicassem o caos.

Havia um tempo em que os homens contavam com pedras as coisas que viam, marcavam com sangue as portas das casas, comiam com as mãos o que tinham caçado. Você então circulava visível. De lá você solta silvos agudos, uivos agudos e longos: as ondas da sua voz atravessam as décadas, perfuram os séculos, corroem milênios. Dentro dos carros e em volta das mesas dos apartamentos os joelhos todos tremem, as sobrancelhas levantam; você, um fantasma, faz as paredes moverem e mudarem de tamanho. Alguém volta a cabeça para trás porque acredita ter visto algo.

Parece de propósito: as pistas que você deixa são sempre de curto alcance, poucas, insuficientes. E os detetives caçam seu rastro com lupas, com lunetas, com lentes objetivas; com antenas e radares eles buscam distinguir a sua localização: às vezes até encontram suspeitos menores, testemunhas, mesmo cúmplices, mas não alcançam seus passos nem se aproximam deles. Você só acena e some, pisca e desaparece; e talvez os naturalistas que descrevem besouros e capturam borboletas sejam aqueles que mais desconfiam: na sombra alguém os espreita, observa seus movimentos, adivinha seus gestos no espaço.

Alguém conta um segredo. Enguias e peixes fantasmas dormem nas fossas inexploradas do oceano Pacífico; bactérias se reproduzem no leito do rio Madeira, em trechos nunca pisados por pés humanos. Alguém esconde alguma coisa embaixo da cama; na escuridão absoluta, tartarugas fêmeas de água doce elegem em qual praia vão botar seus ovos. Espiam pela fechadura algo que aconteceu e que ninguém podia ver; sussurram no ouvido uma história que pede atenção: é de você que eles falam.

Depois das montanhas e atrás de cinco muros altos há um vale que foi cantado por muitos, lembrado por poucos, onde todas as coisas são idênticas às que existem deste lado: só as nogueiras é que são gigantes, os dias que são maiores e as torres um pouco mais longas. Exploradores, aventureiros, cavaleiros de armadura, buscadores de muito longe encontram a cada mil anos esse vale das canções. Ali você vive em silêncio desde a fundação do mundo e recebe os visitantes, apresenta para eles tudo o que já conhecem: cada rua, cada casa, cada ponte e pessoa é exatamente igual às que os recém-chegados ainda guardam na memória das cidades de onde vêm. Você sabe que quase todos quando voltarem para casa estarão muito envelhecidos, mancos, sem direção.

Neste dia escuro cheio de futuro você se hospeda nas conchas que ficaram cravadas na areia mais profunda do oceano. Mergulhadores, escafandristas com seus galões de oxigênio empenham-se para chegar ao ponto onde você está: nadam sempre para baixo agitando os pés de pato, avançam mais na descida, sentem as centenas de metros de água salgada que fazem pressão nas suas máscaras de bronze. E quando conseguem atingir as ostras dentro das quais acreditam que você se abriga, quando enfim encostam na pérola, percebem que aquele ainda não é o fundo, que não alcançaram finalmente as profundezas, e voltam cansados para a superfície onde os raios de sol confundem a vista.

Você neste instante tosa a lã da ovelha para fazer o fio com que neste instante as tecelãs urdem um tapete imenso. Agora você constrói o navio que agora naufraga levando consigo sete ou oito marinheiros de primeira viagem. Neste instante você escreve o que neste instante alguém lê; agora você escuta os ruídos que alguém agora está soltando em sonho. Carpideiras choram os mortos que você está vendo nascer. Arpoadores enfim conseguem acertar o dorso de uma baleia em cujo estômago você se instalou há séculos.

Todos estão recolhidos no escuro da meia-noite e as portas estão trancadas; mas ouvem no andar de baixo seus passos discretos e gritam, levantam, tropeçam em desespero: "Socorro! Um ladrão!". Você também se assusta e se mistura ao tumulto, sua voz se une às outras e você repete o coro: "Um ladrão!". As pessoas correm em círculos até chegarem à rua: por fim não sobra ninguém na sala ou nos corredores, e só você continua dentro daquela casa. De fora chamam seu nome, querem saber onde é que você está; e de dentro do quarto você sussurra: "Estou aqui". Na calçada, desnorteados, eles se perguntam sempre: "Onde? Onde?". Você se cala e adormece, e todos vagam nas ruas como pombas enlutadas, murmurando para si: "Onde? Onde?".

Você é um monstro de cinco mil tentáculos que a cada vez que é chamado cria outro mais comprido: como roupas muito justas, os nomes não servem bem, e por isso você tem pelo menos oitocentos, novecentos talvez — sendo que nenhum deles se ajusta às suas medidas. Um dia vão descobrir um só: então você vai responder de pronto, porque obviamente não tinha como ser outro. Por enquanto pesquisam, dão a volta ao mundo inteiro, atravessam oceanos, chegam em ilhas remotas, constroem foguetes que furam o espaço, descobrem espécies novas, encontram conchas incrustadas em montanhas, procuram dentro de gavetas que há muito foram fechadas, abrem baús antigos de onde sobe uma nuvem de poeira e de memória, vasculham armários, exploram florestas dos trópicos e examinam as asas de insetos que morreram presos em teias de aranha, apontam o telescópio para galáxias de onde partem meteoritos, percorrem livros compridos de pelo menos mil páginas escritos em outros tempos — e às vezes surge um tentáculo, um nome irrompe entre os mares e as peças de roupa velha.

Você não era nada daquilo que foi modelado aos poucos e por tantas mãos. Escuta o mundo como embaixo d'água, como um peixe lá no fundo que chacoalha as barbatanas e não chega a ser notado pelos barcos da superfície. Um peixe perplexo de escamas prateadas: solta bolhas muito grandes que sobem centenas de metros até estourarem quando entram em contato com o ar. Mas agora você já não é peixe, nem molusco nem água--viva, nem pedra, polvo ou coral. Treme sob ombros, treme sob formas encalhadas na areia — você nunca está parado, mesmo quando é muito lento. Você nunca fecha os olhos, mesmo quando está dormindo.

Você já não é mais você. É talvez outro, um terceiro, um quarto, um nonagésimo; no entanto muitos homens ainda não perceberam. Todos eles se amontoam numa sala bem pequena cujas paredes parecem se fechar cada vez mais: espremem-se, debatem-se, discutem entre si. Por uma porta estreita, sob suas formas novas, você às vezes entra e sai — quase ninguém percebe as suas voltas no aposento, passam-se alguns segundos e você vai mesmo embora. Não gira a chave ao sair e agora as ruas são amplas, vazias no amanhecer: montanhas se distribuem ao redor dos quarteirões, e sobre os flancos crescem florestas, brotam plantas, abrem flores; abelhas-operárias deixam suas colmeias e voam até você.

Você nunca está, não vai nem volta, não fala o que quer nem conta o que sabe. Acostumaram-se a conviver com a sua ausência, que chega a parecer uma presença encantada. O que você faz é sempre sumir, a cada segundo desaparecer: e talvez os arqueólogos, que cavam buracos fundos para pacientemente encontrar restos de seres que viveram noutros tempos, ou talvez os astrônomos, que reviram o universo para um dia apanhar uma estrela ainda sem nome e que se extinguiu há milênios, talvez eles entendam por que você se retira sempre que escuta um chamado, por que se esconde no escuro assim que recebe uma forma. Ou então é um bicho arisco: prefere que a porta permaneça entreaberta para vigiar o quarto enquanto alguém dorme na cama. Você não sussurra, não se manifesta, não assombra nem assusta; você é tudo o que demora.

Você, como um velho, deita-se sem sono e assiste às imagens com que sabe que iria sonhar se estivesse dormindo. Dias, muitos dias, uma fila de dias a perder de vista, que caem no poço escuro e se misturam uns aos outros: você desdobra cada um deles, são bilhetes há muito guardados, e reconhece essas cores, essas formas, esses segredos. Os dias se abrem nas suas mãos e você desenha paisagens onde crescem muitas árvores, crescem frutos e montanhas: na mais alta de todas tem alguém que está subindo, que sobe cada vez mais, já está bem perto do topo.

PARTE III

toda luta é contra as formas

No momento em que entraste neste mundo de formas
Uma escada de fuga foi colocada para ti.

Jalāl-ad-Dīn Muhammad Rūmī

São os sonhos que fazem o dia e não o contrário, nunca o contrário: se for preciso é possível, é fácil demonstrar. Hoje pela manhã por exemplo: acordei depressa enquanto caminhava por uma estrada de terra molhada que no meio da madrugada levava até alto-mar. Meus pés cheios de barro doíam sobre os lençóis limpos, foi preciso o tempo de alguns segundos e uma virada inteira no espaço para o corpo estar de volta à posição horizontal. A viagem no entanto avançou ainda durante o dia e durou bem mais que uma semana; passaram-se mesmo meses e se completaram anos, não consigo lembrar de mais nada daquela noite em que despertei de um sonho. Eu continuo a andar pela estrada e ainda chove, de vez em quando, antes que a lama seque; meus sapatos agora imprestáveis devem ter deixado pegadas antigas naqueles lençóis que se não me engano eram brancos, ou talvez rosados — não sei dizer.

Nessas últimas horas escuto os gatos no cio que cantam na madrugada. Pela janela do quarto os miados chegam fracos, parecem choro de gente — observo os meus dedos sujos da tinta da caneta e as paredes que quase balançam com as luzes de um carro que passa na rua. Se estivéssemos no oceano, seria noite ainda e o Atlântico estaria liso como um lençol: seria o momento em que perceberíamos que já não seguimos a rota com que partimos. E eu perguntaria às dobras da superfície da água: quando foi mesmo que deixei a terra? Como era mesmo pisar e ter certeza do chão? Antes que eu pudesse começar a responder, um peixe enorme e com rabo de baleia viria das profundezas para perto do meu barco, olharia nos meus olhos com seus olhos bem pequenos, abriria a sua boca de peixe, que é sem lábios, e me diria na língua dos peixes um segredo da vida dos peixes. Já deitada ouço ainda os miados agora mais altos: onde é que estão esses gatos?

Dormem também plantas, brotam trepadeiras dentro dos meus órgãos. Algumas das folhas despontam e chegam a conquistar os canais semicirculares dos meus ouvidos: contornam labirintos e caem já secas para fora das minhas orelhas. Mas a maioria cresce em espiral sem se dar à vista; os galhos se agarram às veias das pernas e somem por entre partes que eu não consigo acessar ou sentir. Alguém disse um dia que além disso tudo — em algum outro canto do lado de dentro — também se esconde um deserto que é maior e mais extenso até que as vértebras inteiras: enterradas sob a areia das dunas muito altas há gemas preciosas que brilham e parecem lamparinas coloridas.

Risquei um fósforo. Pude ver não mais do que as ranhuras no couro das paredes. Não tem mais ninguém aqui. Escuto um som sufocado e posso ver algumas sombras, sombras curtas que se mexem enquanto o fogo quase queima a minha mão. O clarão que carrego comigo ilumina acho que um metro ao meu redor: eu ando com cuidado para não apagar o fogo, examino o escuro, cada passo é um tempo contado no breu — já não sei o rumo que sigo ou as horas que são. Não tem mais ninguém aqui. No entanto aos poucos começo a distinguir umas vozes que se mesclam, que sussurram e que às vezes até gritam bem baixinho, aqui embaixo, onde estou. Caminho bem devagar e meus olhos não se acostumam com a escuridão que fica sempre um pouco mais escura. Não tenho muitos, mas acho que logo vou ter que riscar outro fósforo.

Tem um tesouro enterrado embaixo da minha casa. Disseram que foi guardado bem no meio do terreno, exatamente no ponto onde hoje fica o meu quarto, nos arredores da cama. Eu quero encontrar o baú do tesouro e para isso preciso me desfazer dos móveis, tirar um por um os tacos do chão: perfuro o primeiro andar, caio no térreo e continuo. Mas percebo que não vou chegar à terra para cavar enquanto houver paredes de pé: aos poucos vejo desmoronarem os cômodos e a varanda; os corredores encolhem e são tragados pelo entulho; as prateleiras e a porta se confundem devagar e encorpam uma massa que engole as minhas chaves, os meus livros, minhas roupas. Observo enquanto tudo se torna pó: quando enfim minha casa com todos os aposentos se dissolve por completo, eu tenho um mapa na mão e uma pá na outra mão, vejo que a terra é fofa e começo a furar um poço.

Reviro as coisas velhas, mexo em caixas muito antigas, tiro os livros da poeira e uma nuvem sobe até o meu rosto: procuro uma forma inédita. Sei que alguma coisa que ainda não conheço se esconde entre os objetos que estão guardados faz tempo — as formas da casa olham mudas e querem que eu responda. Às vezes escuto um homem bem longe no meu ouvido, que ameaça sem dizer, fala pela minha boca, e me faz morder os lábios e mostrar os dentes brancos. Nessas horas eu procuro então com mais força e voragem: atrás dos sofás ou sob o colchão e embaixo do travesseiro encontro cartas, pergaminhos, manuscritos, hieroglifos, fósseis marinhos no topo de montanhas, garras que estavam ocultas pela pele dos meus dedos.

Eu converso com o cansaço. Pergunto, pergunto, mas quando ele abre a boca não sai voz, não sai palavra. É mudo que ele pede, implora para antever qualquer brecha do tempo que ainda não veio: quer espiar dentro e saber o que tem para lá. Até encontro uma fresta mas ela se fecha antes, não consigo enxergar nada e o que resta na minha mão é a ponta de um barbante. Levanto do sofá e meu corpo é o mastro de um navio que navega lento — balanço, balanço as minhas velas. O cansaço agora se arremessa contra mim com sua espuma muito densa e com todos os seus braços, tantos braços, muitos braços. Quero aplacá-lo, torná-lo pouco, contê-lo como a uma criança que ainda não sabe falar e tenta. Mas canso também dessa guarda constante, então olho perplexa esse bicho constante: como arrefecer, onde lapidar, o que deve ser não querer?

Modelo com as mãos em concha na areia tudo o que já vi. Torres muito altas, castelos inteiros, janelas e túneis, edifícios, pontes, telhados, chaminés. A água entra nas ruas, preenche as avenidas, invade salões largos, inunda os quarteirões: mas quando a onda recua, eu volto a moldar as tramas das cidades que conheço e de outras, que inventei. As construções se erguem e depois desmantelam, o mar acelera os milênios, que passam em segundos e transformam tudo em ruína, como as que sobram hoje das civilizações perdidas. Passo um tempo calada para ver o que ficou do que ainda desmorona: percebo na areia úmida os restos minúsculos do portão verde da casa de quando eu era pequena. Uma placa se desfaz: cuidado com o cão. Os grãos se juntam, misturam-se, abrem uma paisagem feita de furos de siri.

O sol está tão alto no céu que vejo cada vez menos. É meio-dia e tateio à minha frente para não cair nem tropeçar. Escuto: as coisas que conheço vão encolhendo, diminuindo, desaparecem — os raios de luz alcançam quase toda a extensão do que não consigo enxergar. De longe, no entanto, aos poucos avisto um homem que se aproxima bem devagar: quero saber quem é, mas o vulto se confunde com as formas espalhadas e só entendo que ele caminha. Quanto mais perto ele chega do lugar onde eu estou, mais percebo que seus passos têm o ritmo dos meus e que a sua cabeça enorme tem o mesmo peso da minha. O sol está gigantesco e torna tudo um pouco laranja, embaciado, impossível de distinguir. Lanço os olhos para trás e de novo não vejo nada: posso ouvir o burburinho dos segredos, das sombras secretas que se escondem e se dispersam até às vezes surgirem no meio do sono na luz apagada.

Árvores do tamanho de dinossauros e até maiores rompem o asfalto e em pouco tempo alcançam a minha porta. Suas raízes tocam meus pés: eu examino a vegetação que em dias transforma o apartamento numa floresta. Vejo frutas maduras, flores abertas, fungos pequenos, liquens, roedores, samambaias, besouros, musgo e serpentes, e sigo a rotina do dia como se nada acontecesse; faço o que tenho para fazer e quando preciso desvio de um tronco ou de um galho que se interpõe sobre o chão de tacos. De manhã cedo, restos de folhas comidas por larvas povoam a cama junto com as cascas de romã dos passarinhos — e mesmo assim eu abro as janelas, bato os lençóis.

Chego em casa com sacolas e me desfaço de todas, deixo os legumes na mesa e encaixo os ovos na fôrma: então eu sento na sala e desço por vários níveis, mergulho em ruas inteiras, cada vez mais para baixo. Na superfície ainda posso sentir o cheiro da maçã cuja casca amarelece e vai ficando marrom; posso ainda acompanhar os movimentos das moscas para chegar na comida que há algum tempo ficou largada lá na cozinha (aquele lugar distante, de que lembro vagamente). Minutos se passaram, estou no subterrâneo, no fundo fundo da terra, e diamantes se formam feitos de faces azuis: pedras com pontas enormes refletem minha garganta, a gruta vira um abismo, olho na cara do escuro. Mas um barulho interrompe, o alarme apita lá longe, o telefone desperta e os cristais desmancham no ar. Subo todos os andares de uma vez e muito rápido: e vejo as compras, os sacos, a luz do dia, a janela. Volto a fazer aquilo que já devia ter feito enquanto uma lanterna acende e apaga num ponto muito remoto do mapa.

Durante a noite sobre a cama criaturas se reviram inquietas e sem parar. São demônios miúdos que regem os pesadelos e cujas garras compridas engancham na minha orelha. Às vezes entram ou saem pelo buraco do ouvido ou pelas dobras do edredom, que devem ser as passagens pelas quais eles chegam de um futuro distante, quando todas as coisas do mundo já aconteceram. Ali nasceram os seres que agora saltam pelo quarto: vieram de um outro tempo, no qual tudo o que falamos cai no chão e vira pérola. Durante a noite os pequenos animais apavorados oferecem uns aos outros essas joias que guardaram. Os bichos dançam em roda e até soltam grunhidos — mas eu não posso ver nada, estou com os olhos fechados.

Ontem encontrei a ponta de um fiozinho no meio dos objetos sobre a mesa de trabalho. Puxei de leve essa ponta e o fio se revelou longo, mais longo do que eu pensava: quanto mais eu puxava, maior ele se mostrava e mais se embolava atrás de mim. Passei a tarde puxando o fio, que ia ficando mais grosso e não acabava nunca: depois que anoiteceu, olhei ao redor da casa e o novelo já preenchia até os cantos dos quartos, o banheiro, enrolava-se nos móveis e abarrotava o corredor. Nessa altura, o que eu queria era encontrar a ponta do outro lado do fio — entrei no meio do bolo. No interior da montanha embaraçada procurei mas não achei; perdi também o relógio e já não sabia onde é que eu estava no apartamento. Afastei a trama que se enroscou nos meus braços e então me vi diante da mesa de cabeceira: abri a gaveta e guardei o que pude sem me preocupar em desfazer os nós.

Aos poucos escurece e as feras discretas erguem os focinhos e farejam ao redor. Percebem minha presença, sabem o espaço que ocupo — são leões ou são jaguares que se lambem e esperam a hora de atacar. Mantenho os pés recolhidos, não faço muito barulho; a casa em estado de alerta espreita tudo o que se move, a mesa cresce na sombra que projeta no chão. Percorro de ponta a ponta o ambiente com os olhos e agarro uma formiga que andava desavisada no braço da poltrona. Ressoa então um gemido, mas olho e não vejo nada: um bicho foi capturado e é carregado pela boca de outro bicho maior.

Eu deito de lado e encosto a cabeça nos tacos do chão de tacos: escuto passos no andar de baixo e os móveis que se arrastam no andar abaixo dele. Aguço os ouvidos e percebo no fundo o asfalto que estala sob o calor — no subterrâneo, nas encruzilhadas depois das galerias, um ser bem pequeno (talvez um inseto) faz curvas fechadas. Ouço agora um buraco que se abre e revela devagar uma caverna: numa câmara secreta uma mulher muito velha bate as agulhas de ferro e tece uma trama imensa. Garras de bichos extintos arranham uma parede e seus dentes de marfim rangem sem fazer barulho. Mais embaixo ainda, escuto um monstro que abre a boca: ele é metade búfalo, a outra metade gente.

De dentro, do fundo, de muito longe subi quilômetros e em segundos atingi a superfície: tentei me agarrar em qualquer coisa flutuante que encontrasse ao meu alcance. Procurei barcos, botes, pedaços, beiras, tocos de madeira. Eu deveria ter ficado na cidade submersa. Avistei os móveis de uma casa que era minha e não é mais: a estante de brinquedos afundava com a parede que pintei com a minha mão, o beliche era engolido e também a escrivaninha de madeira velha, e as peças guardadas num balde vermelho, e o carpete cor de chumbo. Um animal achatado e de nadadeiras curtas circulava entre os escombros, e o sol quase azedo esquentava a superfície da água ao meu redor (era noite embaixo d'água).

— Amanheceu — percebi. Estive por muitos anos no alto da torre de pedra, mas finalmente naquela noite decidi descer as escadas. Era isso que eu fazia quando chegou a manhã. Degraus e mais degraus se enrolavam para dentro, e os meus pés se atropelavam nesse embalo que vinha de horas: faltava sempre pouco para escorregar e cair. Por algum motivo que eu não conseguia lembrar qual era, tinha de estar lá embaixo sem falta antes do meio-dia. A luz do sol agora entrava pelas frestas, entre uma pedra e outra, e eu não olhava para cima, não olhava para os lados, só descia, e não sabia por quanto tempo ainda seguiria descendo — aquela espiral de escadas não acabava nunca naquele corredor que era sempre mais estreito.

Ser triste não é ser profundo. Na flora subterrânea, sobre as vigas úmidas, as plantas eram meio esponjas e se contorciam: as minas de sal lá embaixo guardavam algum segredo em suas formas cristalinas nunca vistas por olho nenhum. Caminho então muito quieta, sei que qualquer ruído pode quebrar os cristais. Ser profundo também não é ser triste. Estalactites, estalagmites, liquens pálidos fazem manchas nas paredes internas. Eu olho às vezes para baixo e acho que vejo o mar: mas é uma massa sólida e transparente, sobre a qual posso dar um passo e depois mais outro passo; no alto, uma abóbada feita de pedra preta. Uma força estranha (são mãos invisíveis) me puxa para baixo: plantas metálicas, filões preciosos, destroços de minério queimado. Volto para a superfície com três pedaços nas mãos.

Trabalho diariamente em meio a montes de palha. Eu fio as linhas de palha, giro três vezes a roca e fio as linhas de palha; os montes ao meu redor parecem torres enormes, uma cidade de torres que arranha o forro da sala. Fio os fios presos no fuso até formar uma trama. Às vezes vejo brilhar uma faísca sozinha, escondida no meio da palha: o ouro lança raios finos, a trama então também doura e mostra nuances novas, que eu não tinha percebido — mas isso é muito raro. Normalmente o que acontece um dia depois do outro é que eu fio as linhas da palha, eu fio as linhas de palha, eu fio a palha e mal vejo a porta da sala por trás das pilhas que crescem, estão sempre muito altas, torres tortas, edifícios, montes imensos de palha.

Estive hoje na cidade depois de muito tempo. Tudo estava diferente de como eu me lembrava. Não sei se vou saber explicar: as ruas já não eram as mesmas, as cores eram outras, o ar era mais denso e ao fim da tarde um vapor fosco subia até sobrevoar as copas mais altas. Os prédios não eram mais lisos e sim lenhosos, cônicos, afinavam no topo e se ramificavam. Ouvi muito barulho, um ronco constante de fundo, rugidos, caçadas ao longe, à noite alguns grilos, cigarras e sapos. Encontrei fósseis de peixe calcificados no chão, peles secas de cobras, casulos, formigas, fiquei com sono. Cheguei em casa cansada mas as paredes, só agora me dei conta, nunca tinha reparado, as paredes dessa casa são todas finas demais.

O futuro tem orelhas muito grandes e tem olhos muito grandes mas não fala e não tem voz. Só me observa, só me escuta: cada gesto e cada passo meu, o futuro os acompanha, muito quieto, muito velho, cúmplice mudo de tudo o que eu faço. O futuro tem ouvidos fundos, mais fundos que o fundo do mar; no entanto ele não tem braços, não tem mãos e não caminha. Eu não sei por onde olhá-lo porque sempre que o procuro suas formas se desmancham: mas sei que ele me contorna, sei que decide os meus traços, sei que avanço no espaço porque o futuro me segue e sabe as coisas que eu quero e sorri centenário depois se aquieta no escuro.

A marca FSC® é a garantia de que a madeira utilizada na fabricação do papel deste livro provém de florestas gerenciadas de maneira ambientalmente correta, socialmente justa e economicamente viável e de outras fontes de origem controlada.

Copyright © 2022 Leda Cartum

Todos os direitos reservados. Nenhuma parte desta obra pode ser reproduzida, arquivada ou transmitida de nenhuma forma ou por nenhum meio sem a permissão expressa e por escrito da Editora Fósforo.

EDITORAS Rita Mattar e Eloah Pina
ASSISTENTE EDITORIAL Mariana Correia Santos
EDIÇÃO E PREPARAÇÃO Danilo Hora
REVISÃO Eduardo Russo e Alessandra Abramo Felix
DIRETORA DE ARTE Julia Monteiro
CAPA Cristina Gu
IMAGEM DE CAPA Gabriela Sacchetto, Sem título, 2022. Guache sobre papel, 20 × 46 cm.
TRATAMENTO DE IMAGEM Julia Thompson
PROJETO GRÁFICO Alles Blau
EDITORAÇÃO ELETRÔNICA Página Viva

Dados Internacionais de Catalogação na Publicação (CIP)
(Câmara Brasileira do Livro, SP, Brasil)

Cartum, Leda
  Formas feitas no escuro / Leda Cartum. — São Paulo : Fósforo, 2023.

  ISBN: 978-65-84568-39-6

  1. Contos brasileiros I. Título.

22-134473   CDD — B869.3

Índice para catálogo sistemático:
1. Contos : Literatura brasileira   B869.3

Inajara Pires de Souza — Bibliotecária — CRB PR-001652/O

Editora Fósforo
Rua 24 de Maio, 270/276
10º andar, salas 1 e 2 — República
01041-001 — São Paulo, SP, Brasil
Tel: (11) 3224.2055
contato@fosforoeditora.com.br
www.fosforoeditora.com.br

Nasrudin entrou na casa de chá proclamando:
— A Lua é mais útil do que o Sol.
— Por quê, Mulá?
— Precisamos mais de luz durante a noite que durante o dia.

Histórias de Nasrudin

Este livro foi composto em GT Alpina
e GT Flexa e impresso pela Ipsis em papel
Pólen Bold 90 g/m² da Suzano para a
Editora Fósforo em fevereiro de 2023.